Se llamaba Clara

Se llamaba Clara

Andreina Caballero

Para verificar nota informativa de registro: https://www.safecreative.org/work/2004183697147-se-llamaba-clara
Licencia: Creative Commons Attribution-NoDerivatives 4.0
Código de registro 2004183697147
Fecha de registro 18-abr-2020 17:24 UTC

Dedicatoria

A la soledad que acompaña mi mente en los tiempos de aburrimiento.

A la Andreina de hace 10 años.

A mi ansiedad.

A mi libertad.

Diez veces por día debes reconciliarte contigo mismo; pues el dominarse es cosa amarga y el irreconciliado duerme mal.

Diez veces debes encontrar la verdad por día; de lo contrario andas aún de noche en busca de la verdad y tu alma no se ha saciado.

Así hablaba Zaratustra

Friedrich Nietzsche

Tabla de contenido

Capítulo 1

SE LLAMABA CLARA

Soplaba la brisa seca, y el calor se iba disipando a medida que el manto de la noche acobijaba sus pupilas. Sonaba una tonada tropical y a lo lejos se escuchaba algún programa de televisión acompañado de la risa de una niña que se divertía y no advertía su futuro próximo. Los vecinos de la casa frontal, discutían sobre la forma más adecuada para tomar la cerveza, sus marcas, sus sabores, su temperatura, tal cual, una obra de arte que se vería en el Louvre.

Allí... Taciturna, estaba Clara, una chica pelirroja, con el cabello como fuego, asemejaba un ave fénix, brillante, largo y abundante, irónicamente sus labios muy rojos, como si el ADN hubiese jugado una partida de ajedrez, y ganó a su favor, para darle todos los rasgos físicos de una princesa de cuentos, Clara tenía 23 años, pero sus ojos y alma asimilaban unos 50. De piel blanca, casi traslúcida como pergamino, fantasmal. Sus ojos profundos y oscuros, paradójicamente invitaban a no acercarse un paso más.

Lágrimas corrían a través de sus mejillas, perfectamente alineadas y afiladas como bisturí, en sincronía con su mandíbula refinada e iban explorando su rostro como si de una jungla se tratara. Clara ya no quería público, no quería audiencia, necesitaba alguien que estuviese allí y viera más allá de su perfecta existencia, aquello que llamaba trascendental, siempre estaba rodeada de personas, saludos y elogios, pero nunca se había sentido tan vacía y sola como esa noche.

De repente y de un brinco despertó de aquel trance en el cual pensaba que su vida no podía ser más solitaria, la recordaba vívida en matices y colores, desde aquella tarde en la que esa llamada le había roto lo más profundo de su alma, "ella" se había quedado con toda su dicha, con pedazos profundos de su corazón que no eran reparables, con sus sonrisas sinceras.

Con languidez vislumbró una sombra que se acercaba, de cabello castaño, con una retorcida sonrisa, era el mismo chico que había visto en el supermercado aquella tarde. Le miró, con la mirada más dulce que nunca le hubiesen brindado, sin la lujuria a la cual estaba acostumbrada, aquella noche oscura y calurosa, se había transformado en una esperanza, en un lucero que alumbraba su existencia cruda y banal.

Clara le sonrió, en calma, sin pretensiones, sin anhelos, sin poses. Abel le extendió su mano, y sintió un roce cálido, suave, fuerte, y su sonrisa fue un torbellino inusual.

Detrás se escuchaban unos pasos, se asomaba una figura hermosa, esbelta, que daría envidia a quienes habitaban el mismo Olimpo, con labios rojos y singulares, de piernas largas, cabello como ébano, corto y brillante, con ojos delineados que harían sucumbir al mismo Lucifer, brillantes como cristal, azules como zafiros, con voz suave y delicada, dulce como el canto de los ángeles.

— ¿Abel?

Y Clara sintió un saco de plomo que le apretaba su pecho, sujeto a la gravedad. De pronto despertó, había caído de la cama, golpeando su espalda contra el suelo y en su pecho, había caído la lámpara de la mesita a la derecha de su cama, donde solía colocar su vaso de agua, se debía preparar para bajar a desayunar, ese día sería ajetreado, debía salir a investigar varios casos para la revista a la cual le trabajaba como investigadora independiente, uno de ellos era sobre Psicología Social, Clara solo se atenía a obtener los datos y hacer periodismo investigativo, y luego el trabajo era desglosado por los varios expertos que trabajaban en la revista, allí le pagaban muy bien, y no conllevaba especial dificultad, especialmente si se trataba de ir a sitios nocturnos.

Era conocida en todos los sitios "chic" de la ciudad, pues en su carrera como modelo los frecuentaba, aunque no por decisión, al contrario, era allí donde podía enlazar más contactos para dar auge a su carrera, o al menos era lo que le comandaba su padre, Bruno, quien es un agente de estrellas de cine, modelos y celebridades.

Aunque siempre estaba con Clara, no tenían lazos afectivos fuertes, era un padre ausente, siempre ocupado con el trabajo, de carácter recio, aunque amaba a su hija, era notable en sus ojos al observarla.

Mientras se llenaba de energía con una ducha helada, rememorando una y otra vez su agenda, los lugares que debía visitar ese día, también recordaba el sueño que había tenido, aunque era algo borroso, no estaba segura si había sido un sueño, o un recuerdo borroso, le solía suceder cuando tomaba aquella medicación que le habían indicado para afrontar las crisis de ansiedad y llanto que solía experimentar, producto de la presión, de sus padres, de haber abandonado su carrera como modelo, del trabajo y tanto por hacer, de la universidad, y del recuerdo…

Del recuerdo de ella… Aquello era lo que más le acechaba aún después de tantos amaneceres.

Capítulo 2

DEMETRIA

Esa mañana los pájaros estaban más ruidosos que de costumbre, entonaban cantos al unísono, Clara bebió su taza de café con premura, aún se sentía cansada y sin energías para afrontar el estruendo del mundo que le rodeaba. Tomó su laptop y se fue al escritorio, necesitaba más historias que contar.

Quería ser periodista, pero desde niña le habían hecho creer que solo serviría como caparazón para ser admirada por los anhelos que creaba la sociedad, lo único que a todos les importaba, eran sus labios de doncella, su cabello rojo satinado y sus hermosos ojos profundos.

Le habían hecho creer que su destino era posar a merced del escrutinio social y majadero de la industria que hace odas a la belleza exterior. Sus padres nunca le permitieron estudiar otra cosa que no fuera para el desarrollo de artes escénicas, fotografía, modelaje, y toda formación afín, su padre, experto en la industria le veía mucho potencial en la escena, además ella nunca impuso límites ni sus necesidades por encima de lo que los demás quería, al fin y al cabo, siempre obtuvo todo lo que quiso, menos la libertad plena de decidir sobre su vida.

De repente, aún pensativa, sintió una fuerza ensordecedora, que la obligó a mirar por la ventana, detrás del sol radiante, allí Abel miraba a una despistada, que solo intentaba no frustrarse en el intento por escribir y tener un producto que llenara las expectativas ajenas, de las cuales Clara, era esclava.

Aquel chico que pensaba había soñado estaba allí, el corazón le dio un tumbo, él solo sonrió y continuó dando pinceladas en su lienzo, mientras hacía un gesto condescendiente con una sonrisa tímida, como si conociera el bochorno por el cual pasaba Clara en ese momento.

Apartó la mirada y continuó realizando esfuerzos por concentrarse en su obra maestra, una investigación sobre el comportamiento de los adultos en locales de esparcimiento nocturno. Sin embargo, no podía dejar de pensar que aquella sonrisa no había sido un sueño, allí estaba él... Allí estaba ella, detrás de Abel.

Sonó el timbre, Clara bajó con dejadez, pensando en quien se atrevía interrumpir sus apreciaciones de la obra maestra que realizaba -pensaba- , abrió la puerta y casi da un salto, cuando ve aquella figura de cuentos, parada con una sonrisa tímida, en ropa harapienta, pero que lucía tal como modelo de "Haute Couture", era Demetria.

Clara estaba como hipnotizada, abrumada por su cabello negro, que brillaba como diamantes, casi tan impresionada como para creerlo. Sus labios eran rojos, como si se los hubiese tatuado el mismo *Michelangelo* en el rostro. Sus ojos azules como el mar y 175 cm de belleza, de piernas largas, con una tez oriental, ojos aguileños, nariz perfilada como escultura griega, su postura era impresionante.

Se presentó como si estuviese en una entrevista, y es que, cuando tenía que portar investiduras sociales, era de las mejores. Demetria estaba encantada ante la etiqueta y compostura. Luego como otro bajón, le mencionó que se había mudado a la casa del frente, con su novio, Abel... Que ya había conocido informalmente, aquella noche.

Clara sintió un frío en el estómago, y un apretón en el pecho, solo dos veces se había impresionado al ver a otros seres humanos, y habían sido Lucrezia, el nombre que todavía le atormentaba, y Demetria.

—Quería saber si te encontrabas bien, anoche te desmayaste y tuvimos que llevarte a la cama, junto a Micaela y Roberto, pedimos ayuda…-le dijo con preocupación y una expresión preocupada en el rostro-

Micaela y Roberto eran los vecinos que vivían al lado de la casa de Clara, quedaba al límite perimetral de su vecindario, si hubiese sido su decisión, habitaría una casa que no colindara con ninguna otra, pero su terapeuta le había recomendado mantener relaciones sociales sanas y adaptativas. Eran un matrimonio tradicional, el de 38 años y ella de 36, agradables, solidarios, y siempre atentos de ella, lo suficiente, nunca como para hacerle sentir que su privacidad era traspasada por sus atenciones, siempre que experimentaban nuevas recetas o alguna curiosidad -como la vez que cultivaron una cosa gelatinosa, con la cual hacen un té de probióticos llamado Kombucha- le llevaban un poco a Clara, quien con mucha alegría recibía y luego les agradecía gentilmente con algún obsequio.

—Abel estaba muy asustado, te tomó y subió a tu cama, espero no sea un problema, pero no sabíamos que otra cosa hacer. Llamamos a tu número de emergencias y tu terapeuta nos comentó que podía ocurrirte pues tomabas una medicación nueva, espero no sea nada grave.

Clara no se avergonzaba nunca de hablar sobre los trastornos que tenía, pues formaban parte de su renacimiento actual, por lo cual con mucha tranquilidad le comentó.

—Oye, gracias por no haberme dejado allí, la verdad nunca me había ocurrido, en realidad pensaba que veía a otra persona, que Abel era un conocido de mi pasado, pero quizás es porque estoy iniciando con esta medicación, no es nada grave, es solo ansiedad y mi incapacidad para lidiar con ella, casi puedo sentir que hay otra persona aquí viviendo conmigo ja ja ja... La verdad estoy muy agradecida que me hayan dejado en casa, un día de estos quedamos, les invitaré a cenar.

Demetria, sumamente encantada asintió, y Clara como eclipsada le sonrió gentil y tiernamente.

—Por supuesto, uno de estos días quedamos, quizás te pueda dar una mano, me agrada la cocina—sonriendo condescendientemente— déjanos saber, ¿vale?...

Ambas sonrieron, y como el viento se desvanecieron. Demetria se fue alejando y pensaba en la pena que le daba esa chica tan hermosa, pero tan solitaria.

Le intrigaba saber más de la historia de Clara, sobre qué situaciones la habían llevado a tomar prescripciones, una chica que lo tenía todo, suponía que sería alguna situación familiar, especialmente porque ya había estado allí. Recordaba la vez que sus padres, judíos, ortodoxos, la habían renegado de su comunidad -por querer vivir una vida sin las restricciones normativas del Torá- al decidir que quería estudiar en una universidad, no pensaba en tener una familia tradicional, y tenía una heterogeneidad de amistades, fue execrada a los 19 años de Cracovia, su ciudad natal, luego decide mudarse a Paris, donde comenzó a estudiar artes escénicas, artes culinarias, e ingresó a la facultad de Medicina, la cual rechazó, por ser un estigma en cuanto a su religión y cultura, pensaba.

Capítulo 3

ABEL

Eran las 7:45 de la mañana, sonó la alarma retumbando en los oídos de Clara, con mal humor tomó el teléfono y detuvo el ensordecedor y molesto sonido, estaba estropeada, pues había pasado la noche compilando datos sobre un club nocturno llamado *Java's*, que era el más popular en la ciudad.

Los jóvenes tenían predilección por este espacio, era ambientado entre tecnología y vanguardia artística, dotado de computadores con los últimos componentes, donde aquellos más adeptos podrían hackear al mismo gobierno ruso, asimismo, espacios ambientados para hacerse fotografías artísticas, estéticas y populares en redes sociales, también ambientes donde se exponían obras de artistas contemporáneos. Todo un evento para la ciudad.

Tomó una ducha caliente, se relajó un poco, luego arregló su cabello, sin mucho que hacer, ya era lo suficientemente hermoso como para darle mayores cuidados, se vistió con lo primero que encontró en su armario, lucía como modelo de revista, y ni siquiera era a propósito. Bajó, tomó su taza de café, casi como un ritual, negro, fuerte, doble, azucarado.

Pensaba en todo lo que tenía que hacer aquel día, visitar el club, ordenar cuentas, trabajar en algunos proyectos que realizaba de forma independiente, cuando pensaba en todo lo que tenía por hacer, en ocasiones se le entumecían las manos y los pies, comenzaba a sentirse con frío, pero sudorosa, su pecho como si tuviera un yunque dentro, muy pesado para tomar una respiración, y su cabeza le daba vueltas levemente. Tomó un respiro profundo como pudo, visualizando todo blanco y comenzó a organizar en una hoja lo que debía hacer por orden prioritario.

Ese día el sol era mucho más radiante que otros, el calor seco azotaba y quemaba su piel traslúcida. Al tratar de encender su auto, Clara se llevó las manos a la cabeza, a punto de tener un colapso nervioso, el auto no encendía.

Se bajó, tomó su bolso y decidió caminar como dromedario en el desierto. El sol se reflejaba en sus ojos oscuros y brillaban como azabaches pulidos. Apuró el paso, casi como en un maratón, y a unos metros visualizó una figura que ya había visto antes, Abel caminaba tranquilamente unos metros por delante, se paró un momento a tomar una foto de un pájaro carpintero que estaba sujetado en una de las cuerdas de alta tensión del farol que iluminaba la calle por la noche.

Abel tenía 25 años, lucía desaliñado sin querer y a gusto, solía vestir camisetas unicolores, en una paleta entre el blanco y el negro, jeans rasgados, botas negras, cabello castaño, ojos negros como un manto nocturno en venus, nariz perfilada como espada, dientes más blancos que las nubes, y una sonrisa que encantaría al mismo flautista de Hamelin.

Era artista, pintaba el mundo, tal cual lo procesaba su cerebro, algo que le llaman abstracción, y por pasar el tiempo, tomaba los instantes más hermosos del mundo en el lente de cámara fotográfica, su pasión eterna.

De pronto, Clara sintió como se aceleraban sus latidos, comenzó a entumecerse su mano derecha, cerró los ojos y tomó un respiro profundo. Abel miró a su alrededor y allí estaba ella, con su cabello como fuego cegador, más rojo, más aterciopelado que nunca, la saludó con una sonrisa cálida y sincera, y pudo oler, lavanda, lirio, musgo y algún otro aroma que podría describirse como angelical, pero que no lograba determinar.

Clara le sonrió y trató de continuar su camino, pero Abel la interceptó.

— ¿A dónde vas? —preguntó.

Clara le explicó, sin muchos detalles más que su carro no estaba funcionando. Abel no creía en los autos a menos que fuesen utilizados para viajes largos.

— Si no te molesta te acompaño en tu caminata, estoy conociendo la ciudad y tomando fotografías, como turista, jajajaja... Si no te importa, nos hacemos compañía. —Le dijo Abel con simpatía.

Ella accedió con rubor en sus mejillas, pero no estaba claro si era por el majestuoso sol, o por el impetuoso chico. Caminaron varios kilómetros, Abel escudriñaba detalles sobre la vida de Clara, quería conocer su historia, narrada por su protagonista.

— Pues viví mucho tiempo bajo las exigencias de mis padres, ellos querían que fuese modelo o actriz, en mi familia los sentimientos y emociones, son algo secundario ¿sabes? todo siempre iba bien, nunca se hablaba de nada que realmente importara, lo que es estar triste y sentirte con una pared al frente, como si el concreto es lo único que visualizaras. Tuve una crisis depresiva por la presión que me generaba lo ciego del mundo a mí alrededor, y decidí irme, recorrer el mundo en mis propios zapatos, buscar un camino de forma independiente, hasta que encontré mi verdadera pasión, la investigación periodística.

Abel parecía un investigador, buscando datos y revisando una y otra vez detalles de la historia de Clara, al mismo son que tomaba fotografías del pasar cotidiano de las personas, había ganado varios premios por su arte vanguardista y minimalista, sin embargo, no disfrutaba hablando a toda voz de ello, solo le importaba el arte, a pesar que sus menesteres le producían grandes cantidades de dinero.

Luego de un par de horas, de pronto, llegaron frente a una casa, grande, imperial, impecable, Clara solo se quedó mirando, de lejos, podría parecer que, con pesar y tristeza, pero Abel que era testigo de lo que sucedía, vio que era una mirada y un rostro en paz, casi con una muesca de sonrisa, satinada y de tranquilidad.

Era la casa donde Clara había estado presa por años.

Le contaba que allí había crecido bajo las normas de sus padres, Abel con una mirada fría, miraba en la misma dirección que Clara, detallando las grandes plantas ornamentales que se posaban como modelos en el extenso jardín, corrían dos mastines ingleses, dorados, resplandecientes como el sol, se llamaban Azucena y Rocco, esos nombres se los había puesto Clara cuando era una adolescente.
Sus padres le regalaron la pareja de caninos en su cumpleaños 18. De todo lo que lamenta-

ba haber dejado atrás, era a esos dos bobalicones, que le alegraban sus peores días.

Al cabo de una larga charla, a lo lejos una mujer tomaba el sol, con un vaso de alguna bebida burbujeante con una rodaja de limón perfectamente adornando el borde del vaso, con un rostro frío como una estatua, y al mismo tiempo se le veía ajetreada mientras hablaba por el teléfono.

Al poco tiempo la mujer miraba a lo lejos. Clara sintió que la miraba a ella, y le recorrió un escalofrío a través de la espalda, pues desde que se mudó se había rehusado a visitar la casa, aunque solía tener contacto con su madre, esporádicamente, en periodos mensuales, se veía para tomar algo, cenar, o llamarse, a diferencia de su padre, con quien hablaba en alguna ocasión muy especial, como su cumpleaños.

Abel miraba la escena y con mucho pesar, mientras recordaba eventos de su niñez, dolorosos, y de su adolescencia, ese momento trágico cuando perdió al gran amor de su vida. Clara le preguntó que le había sucedido, el rostro de Abel se tornó muy frío, casi no podía distinguirse su expresión en ese instante y la de una pintura inerte, sin más le miró, dubitativamente abrió sus labios.

—Es una larga historia...

Clara lo miró con desdén y le dijo que no tenía prisa, que continuaran su camino.

—Ven, sé el sitio correcto para tomarnos un *highball* delicioso, en este vecindario encontrarás estos lugares, con bebidas raras y *snobistas*, pero son muy buenos, y lo mejor es que todos están demasiado ocupados tomando fotos de sus comidas, como para escuchar tu historia.

Abel la miró con dulzura, sonrió y asintió, siguiéndola sin dudar. Llegaron a un café, la barra era una especie de cohete de la nasa, los bartenders estaban vestidos con ropa blanca, radiante, casi parecían luminiscentes, con tirantes negros, sonrisas devastadoras, la política del lugar era hacer sentir a los comensales en un lugar futurista, los empleados debían actuar como androides, toda una parafernalia espectacular.

Clara saludó a uno de los chicos que se veía un poco mayor que sus otros compañeros, se llamaba Abraham, le pidió que le sirviera dos *highballs* de esos que siempre le hacía. El chico le sonrió e hizo un gesto de que inmediatamente se los servía.

—Este es uno de mis sitios favoritos para pasar un rato tranquilo, aunque no frecuento este vecindario, pero me encanta el aire de tranquilidad y seguridad que me da, aunque se vea pretencioso, créeme cuando te digo que es el único sitio real por aquí.

Capítulo 4

LUCREZIA

El ocaso acechaba y el manto de la noche hacía odas a las penumbras que desfilaban por los más recónditos lugares de la ciudad, las estrellas tímidas apenas se asomaban y la luna decidió brillar al son y tono de los aullidos caninos. Era una noche calurosa pero húmeda, las calles estaban muy solas, algo extraño para ser un viernes.

A las 11:45 de la noche, Clara se dispuso a salir para recoger datos que le servirían para la investigación que venía desarrollando con mucho afán.

Debía aprovecharse de sus atributos, vestía una camiseta pegada a la altura del ombligo, estirada y rasgada color crema, una camisa ancha que dejaba al misterio su silueta escultural, pantalones negros satinados que asemejaban piel curada de algún animal, unos tacones de 18 cm que hacían aún más artística su existencia, sus labios no necesitaban estar más pintados, la naturaleza había hecho su parte, se colocaba brillo labial y era un espectáculo, su cabello bastaba soltarlo y arreglarlo con sus manos, delineador, accesorios que resaltaban su existencia brillante, lista para partir.

Llegó a *Java's,* allí estaba concentrada toda la juventud de la ciudad, había desde aquellos que solo iban para ganar popularidad en las redes, como aquellos *geeks* que pasaban un rato maravilloso sin ser descubiertos por sus tretas en las redes.

El lugar estaba lleno, pero no repleto como otros días, Clara se fue paseando hasta la barra, pidió un *Gin tonic,* cítrico, con soda y canela, observaba detenidamente e iba tomando notas de voz para no perder detalle de todo lo que iba compilando. A su lado estaban dos chicos que no paraban de mirarla e intentaron coquetearle a lo que Clara solo dejó entender que no estaba interesada con un gesto dejado de su mano.

Al otro lado estaba el "*Lumiere Lounge*" era uno de los ambientes del club, todo en blanco y negro, vestuarios de los años 20's, sombreros, gabardinas, todo un evento para los que querían sus fotos "*vintage*" pero refinadas.

Allí estaban par de chicas posando y haciendo gala en sus redes sociales, también las acompañaba un chico que solo miraba, con una tez morena, como sacado de un cuento arábico, de cejas pobladas, arregladas, ojos que parecían delineados, cabello negro, una barba especialmente cuidada, ojos verdes, inexpresivo, solo estaba sentado de piernas y brazos abiertos, contemplando a las chicas, como si de un director silente se tratara.

Clara había escuchado sobre la existencia de los proxenetas de redes, era un nuevo movimiento que la ley aún no alcanzaba legislar, había personas que "patrocinaban" a chicas y chicos, les dotaban de todos los instrumentos para ser todo lo que se buscaba en las redes sociales, popularidad efervescente, y luego monetizaban las redes para ganar cantidades exorbitantes de dinero, era todo sobre la base de la fantasía e ilusión que generaba anhelos en los "plebeyos" de la sociedad. Lo que los comunes querían vivir, pero que solo lo lograban a través de una pantalla.

Concentrada en obtener más datos, no notaba lo que sucedía a su alrededor, cuando de pronto se exaltó al sentir una mano que se paseó como haciendo tour en su hombro, allí, perfecta, inalterable, inalcanzable casi, como una estatua griega, estaba Demetria, sus ojos esa noche parecían zafiros sacados del mismo Plutón, su sonrisa era siniestra, pero con un aire de seducción insoportable.

— ¡Cariño, hola! —le saludó tranquilamente y le señaló un espacio privado al fondo del club—. Escapemos del bullicio de gente ¿vienes sola?

Aunque Demetria estaba casi segura que Clara andaba acompañada, sin embargo, la respuesta fue inesperada.

— Vine solo a despejarme, sola, necesitaba un poco de diversión y distraer mi mente, todo es una locura en este momento —Aceptando la invitación.

Y allí ¿cómo no? estaba Abel, quien, con ímpetu, le saludó con un cálido abrazo, le invitaron una bebida, también estaban 3 amigos de Abel y Demetria, uno muy petulante, rubio platinado, se llamaba Marco; un chico de cabello castaño, con sonrisa amable, se le formaban agujeros en las mejillas, con una altura y corpulencia impresionante, Christoph y su novio, un chico de cabello plateado, con una tez de asiático, serio e impenetrable como una gárgola, Erasmo.

Christoph era el mejor amigo de Marco, en una oportunidad se pelearon, cuando "Pino"- como solía Marco llamar a su amigo- le confesó su amor, a lo que este respondió con un puñetazo en la cara que le dejó un tabique torcido y un río de sangre a "Pino", estos estuvieron sin hablarse durante varias semanas, solían ser inseparables, y Marco estaba sufriendo por haberle hecho tal daño a su amigo.

Al son de la música que sonaba en el lugar y del bullicio, Clara iba tomando notas sobre las particulares personas que iban desfilando por doquier, y no quedaban fuera de ello el selecto grupo donde clara pasaba la noche, así de pronto Marco le invitó a bailar.

A Clara no le encantaba la idea, pero así podía estar mucho más cerca de las multitudes que llenaban el lugar, bailaban tranquilamente con gracia y ritmo, Marco no sobrepasaba los límites del baile que invisiblemente había colocado Clara. De pronto, con su voz grave y profunda, como el canto de un tenor, le sugirió

— Si quieres mayores datos perturbadores, anda a los baños, o habla con los "bartenders", allí vas a obtener lo que buscas, te he visto escribir y observar.

De pronto un frío ensordecedor se pasó por la espalda de la chica, sintió un leve vaivén como mareo. A lo lejos se veía una figura, a los ojos de Clara, fantasmal. Con el rostro como tallado en hielo, ojos ámbar, con destellos como luceros, nariz puntiaguda que asemejaba un elfo, de altura promedio, pero con piernas largas que hacían parecer que medía mucho más, sus pómulos parecían afilados, sus mejillas como duraznos, y sus dientes blancos cegadores, que dibujaban una sonrisa que era acompañada con la languidez de su inexpresiva existencia.

Era ella, todo lo que había querido olvidar, todo lo que le atormentaba, estaba allí, era... Lucrezia. Después de todos esos años, no había olvidado su rostro, ni su cabello avellanado, con rayos dorados como si del mismo sol se tratara, sus incisivos traviesos que se asomaban para darle una sonrisa angelical y tímida.

Era ella, y estaba allí, sintió como si una ventisca helada le hubiese golpeado la espalda y el estómago, Clara decidió mirar de nuevo para asegurarse, pero vio su silueta fundiéndose abrazo tras abrazo, parecía que no hubiese notado que Clara estaba allí.

A las 2:00 de la mañana ya estaba lista para ir a casa, con suficientes datos para continuar trabajando, Clara se disponía a ponerse de nuevo la camisa que llevaba a la cintura y su abrigo beige que le doblaba la talla, cuando se amarraba la cinta del abrigo e iba decidida a despedirse, allí estaba parada al frente, con su sonrisa y ojos lánguidos, con su esplendor y toda su existencia.

— Preciosa, hola, hace mucho que no te veía por ninguna parte, desapareciste, supongo que estás bien —Lucrezia le saludó apresuradamente.

Le dio un frío abrazo como témpano de hielo, vacuo, esperpento, y siguió su ruta, solo le devolvió una sonrisa compasiva, Clara estaba helada, pálida y con un color aceitunado, rápidamente fue a despedirse del grupo, sin embargo, Abel se levantó y la acompañó hasta las afueras del club.

— Deberías esperar e irte junto a nosotros, así nos hacemos compañía, por favor Clara, es peligroso que andes sola a estas horas —le espetó.

Su respuesta fue negativa, fría y cortante, se montó en su carro y arrancó apresuradamente, tuvo la sensación más extraña y cuando miró por el espejo, allí seguía Abel a lo lejos, expectante, con las manos a la cintura y el rostro como mármol, frío, sin expresión alguna.

Al llegar al garaje, aguardó unos segundos en el carro, posó su frente en el volante, con ambas manos aun rodeándolo, dejó salir un suspiro fuera de su cárcel y luego muy lentamente subió la mirada. Era ella, estaba allí, fría, compasiva, cruel, era ella y estaba allí, Clara había sido testigo de su presencia, y no podía hacer nada para mitigar su dolorosa existencia, todo lo que había tratado de borrar, había regresado en 48 segundos, estaba exhausta.

Salió del carro, entró a su casa, dando un solo tumbo a la puerta, agarró un vaso y vertió ginebra, la tomó de un solo trago, se limpió con un costado de la mano, y subió, se dio una ducha, solo pensaba en los cambios que había dado su vida, y en la fortuna que había tenido, hasta ese día.

Capítulo 5

ESTEFANÍA

Caminando a lo largo de la calle 77 y observando cada villa que se exhibía ostentosamente a merced de los ojos curiosos, la brisa cálida le rozaba los labios, quemaba sus mejillas rosas, el sol brillaba a plenitud, con un color naranja que asemejaba una llama perfectamente redondeada en el firmamento,

Distraída en su celular, cruzaba la calle para dar un vistazo a una de las villas, llamativa por su nombre y uso, Villa *Cassius & Shane,* un lugar donde internaban a personas con trastornos mentales graves, que no les permitían funcionar adaptativamente en el mundo, estas personas estaban fuera de su realidad. Clara había leído algunas leyendas urbanas sobre el maltrato de los enfermos por parte del personal.

Solo daba un vistazo cuando de pronto un vehículo, de un sopetón dio un frenazo a la altura de las rodillas de Clara, sorprendida soltó un grito ahogado casi silencioso entre sollozos, cruzaba un ardor inexplicable a través de toda su pierna, un dolor insoportable, y solo se desmayó.

Paredes blancas, luces frías y sin vida, olor particular, uniformes y batas de aquí para allá, Clara solo miraba expectante sin saber que sucedía, estaba como en una novela de ficción, a la espera de que alguien la despertara y le dijera que era todo un sueño.

Su pierna yacía elevada con cintas que parecían sogas, y se sentía adormitada. Había una enfermera allí colocando una sustancia con una jeringa en la solución que iba directo a sus venas y su madre en un sofá, perfectamente incómoda.

Al mirarla, sonrió cálidamente, le preguntó si tenía dolor, o sentía algo en particular que le incomodara, a lo que Clara respondió simplemente con un movimiento de cabeza negativo, miraba por la ventana de la habitación, y allí estaba el sol, muriendo lentamente en el atardecer, cediendo paso a la noche, sin tregua.

Aún aturdida al mirar a su alrededor, se dio cuenta que no era un sueño, que su pierna estaba suspendida en algo como un arnés y estaba inmovilizada, un poco confundida recordó el vehículo plateado, el sonido de los frenos chirriando, y la cara de pánico de la conductora.

Horas mas tarde, había tenido el parte médico explicándole que su pierna estaría inmovilizada por tres meses, pues se había hecho trizas, había tenido suerte que la astilla del fémur no hubiese tocado su arteria y causado una hemorragia importante.

Estefanía, la madre de Clara, era una mujer alta, con una figura casi espectral, rubia de rasgos puntiagudos y aguileños, refinada al punto que costaba sostenerle la mirada, de cabello platinado, buen gusto por la moda. En su juventud había formado parte de los equipos que organizaban todos los desfiles de moda en las ciudades más importantes del mundo, tenía relevancia y renombre en el ambiente de la moda y farándula.

Le preguntó a Clara si quería frutas o una cena completa, esta vez la pregunta no venía juiciosa, al contrario, compasiva, por lo que sintió una calidez a través de todo el cuerpo, por primera vez su madre, se había convertido en su mamá.

Al ritmo que masticaba las rebanadas de manzana verde y pera, escuchaba unos tacones apresurados, cada vez más sonoros y rítmicos, soltó por un momento el cubierto, el sonido se secó, no escuchaba nada, miró a la puerta y el mundo parecía estar destruyéndose y reconstruyéndose a la misma vez.

Lucrezia le miraba atónita, con cara de sorpresa y pesar, con premura en los pies, pero estampada en la puerta, solo mirando a Clara, se acercó sigilosamente, y con el rabillo del ojo miró a Estefanía, quien inexpresivamente, no se opuso, ni aprobó su presencia en la habitación.

Entre tumbos, solo mirando, parecía cansada y agotada, no era la misma bonachona que Clara había visto unos días atrás.

Se acercó, con una expresión como de dolor en el rostro y solo le puso una mano en el hombro a Clara sin cruzar palabra, con los ojos allanados de lágrimas, sin dejarlas salir, y de un tirón le abrazó, tan fuerte, que Clara sintió dolor en sus costillas, le devolvió el abrazo y se refugió en su cabello, en su espalda y en las palabras que ninguna dijo.

Capítulo 6

CLARA Y LUCREZIA

Pasados cinco días, de un tumbo, se levantó con ayuda de las muletillas, dejando atrás aquel lugar vacío, frío, los llantos prolongados y los alaridos en odas a los nacimientos, sentía que habían pasado meses, alejada del mundo exterior, de su amado computador, de su ambiente, y se le cruzaba por la mente como si de una epifanía se tratara, Demetria y Abel.

No había preguntado sobre las visitas, ni a su madre, ni a Lucrezia, quien se había quedado todos esos días para cuidarle, solo había ido a cambiarse la ropa, y refrescarse, con premura, su apartamento estaba relativamente cerca.

En realidad, no le importaban las visitas, solo quería saber si Abel o Demetria habían aparecido por allí, o estaban al tanto de lo sucedido. Al preguntarles si había tenido visitas, pues, se había adormitado por efecto de los opioides que le calmaban el dolor, ambas respondieron que no, que solo su padre había venido, pero tuvo que irse al rato por un viaje que debía realizar urgente, a lo cual Clara resopló y volteó los ojos hacia arriba con dejadez.

Ya por la tarde, Clara tomaba un *Matcha* con chocolate, y miraba a través de la ventana, mientras Lucrezia le contaba

— Así que estoy cultivando unos bonsáis, son muy raros y cuestan muchísimo dinero, solo nacen en África, son una especie de baobab, ¿recuerdas los baobabs del Principito? Bueno… Son miniatura, me generan una paradoja demencial, siento que consumo hongos o algo cada vez que los miro jajajaja... La inmensidad de la naturaleza, minimizada por su misma obra, es muy loco, en serio.

Clara solo sonreía taciturna, y al tictac del reloj, sonó la puerta, a Clara le dio un tumbo en el corazón y en las entrañas, cuando iba con ímpetu a levantarse, el dolor y el aparatoso artefacto que sostenía su pierna izquierda, le hicieron recordar su accidente.

Lucrezia se levantó, abrió la puerta, era el mensajero, con unos sobres, recibos, catálogos, nada especial, a Clara le recorrió un aire de inquietud y a la vez calma, sin embargo, no quería dar reconocimiento a aquella molestia que experimentaba, de que Abel y Demetria no hubiesen estado allí.

El día estaba nublado, Clara miró a Lucrezia, que seguía parloteando, como si siempre hubiese estado allí, le paró con sequedad, y le miró con un tanto de frialdad.

— ¿Alguna vez vamos a discutir lo sucedido aquella tarde de mayo? —le preguntó.

Lucrezia la miró con desasosiego, y con inquietud excavadora.

— Clara, no hay mucho de qué hablar, basta olvidarlo. ¿Por qué todo contigo tiene que ser una tortura? ¿No estás simplemente cansada del caos? —le respondió.

Clara soltó un resoplo condescendiente, abrumada, y le aseveró.

— Lucrezia, contigo es siempre lo mismo, madura de una vez, y afronta las consecuencias, las equivocaciones no se dan por sentado, no se olvidan y ya, se debe responder por ellas, aprender, parte de crecer es también afrontar, aceptar el dolor y sanarlo, no puedes vivir en un mundo sin dolor, especialmente cuando lo provocas a otras personas, ¡maldición!

Lucrezia soltó una lágrima, luego dos, y así continuó un río de ellas, agitada y con las manos en la cara.

— No puedo Clara, no puedo hacerlo, me duele, y me duele más de lo que quisiera, yo quisiera devolver el tiempo, pagarlo de alguna manera, y no haberte dañado, pero no puedo, es un martirio y tortura vivir así, no lo entenderías en este momento, mis equivocaciones tienen precedentes.

Clara solo observaba, fríamente, y soltó un ahogado

— Calma.

Lucrezia puso la cabeza en la mesa y sus manos le acobijaban el cabello, y luego como pudo, logró calmarse. Mirando a Clara, con tristeza, culpa, enojo, le dijo

— La vida en ocasiones se sale de control, la perfección no es alcanzable, es una ilusión creada por los demás a su conveniencia y refugio, no puedes solo esperar siempre lo mejor de los que te rodean, es un error que hiere también, puedes solo aceptar todo, lo peor, lo mejor de cada uno, incluyéndome, quizás tú de mí hiciste un maniquí a perfección y medida, y nunca pude llenar tus vacíos de ninguna manera, te he amado como a nadie, de todas las formas de amor que existen en el mundo, yo nunca quise hacerte daño, ni aquella tarde ni nunca, simplemente sucedió y las cosas no fueron manejadas de la mejor manera, tú no quisiste convencerte de mi imperfección, ni yo quise comprender tu comprensión, y solo me fui, en ese momento fue lo mejor.

Clara solo observaba, como una estatua de mármol, sin emociones.

— Vete, no puedes renunciar a tus emociones por culpa, desidia, escape, cobardía, solo vete —soltó exasperada.

Lucrezia le miró, compasiva, y acató las palabras, salió de la casa dando un tumbo a la puerta, y no se vio más, entre los arbustos que cubrían la casa.

Capítulo 7

CLARA, ABEL Y DEMETRIA

A la luz de la luna naciente, al morir el atardecer rojizo, Clara se encontraba sentada en el pórtico de la casa, con la pierna adolorida, tomando una infusión de hierbas y evitando en lo posible la ingesta de calmantes, sabía bien las consecuencias al abusar de ellos.

Seguía pensando una y otra vez, como un espiral, que había sucedido con Abel y Demetria, su ausencia le atormentaba y le daba un resoplo de inseguridad que en muy pocas ocasiones había experimentado.

Ya las estrellas se exhibían orgullosamente en el cielo, y el calor se sentía en sus mejillas que se iban tornando intensamente rojas, se limpiaba el sudor de la frente con el revés de su mano izquierda, de pronto, ve una luz encendiéndose en una de las habitaciones de la casa vecina, de un vuelco, y su respiración irregular, vio que se trataba de la casa donde habitaban Demetria y Abel, no comprendía qué sucedía con exactitud, y por primera vez decidió actuar, dejó que operaran sus anhelos, y no lo racional.

Dando tumbos, a medio andar, cruzó y llegó hasta la puerta de sus vecinos, sus respiraciones cada vez más pesadas y aceleradas. Dio tres toques a la puerta principal, decidió esperar mirando a la nada. A los minutos, tocó de nuevo, seco y fuerte. Escuchó pasos fuertes, de pronto abrieron la puerta.

Allí estaba Demetria, sin gota de maquillaje para cubrir su hermoso rostro, sin ropa que refinara la hermosura en su figura. Miró de arriba a abajo a Clara, consternada, pero con una tristeza que se le marcaba en la acuosidad de los ojos.

— ¿Estás bien? ¿Qué te sucedió? —preguntó con tono de preocupación.

Clara se limitó a responder
— Fue un accidente, la mujer que conducía al parecer se distrajo, y pues yo, obvio, entre mi torpeza y desatención, tampoco advertí

que venía el carro a alta velocidad, así que crucé la calle, y ya ves.

Demetria la miró con algo de tristeza.

— ¿Quieres beber algo? —le preguntó— Me harías muy buena compañía.

Clara aceptó. Se tumbaron en el sofá, bebiendo un sorbo de *vodka tonic*, removiendo los hielos. Demetria con mucha tristeza le espetó.

— Me pesa no haber sabido nada, te imploro disculpas Clara, en estos días no todo va bien.

Clara quería preguntar más, quería simplemente entender, no era curiosidad simple, ella quería comprender todo sobre Demetria y Abel, pero simplemente se limitó a callar y estar, estar para ella, su rostro parecía deshielarse, y tornarse en la misma que había conocido la primera vez.

Demetria encendió un cigarrillo, lo fumó con premura, un tanto de desesperación en cada fumada, y permanecía callada hasta soltar

— Es muy duro, cada tanto sucede, Abel simplemente se resiste a vivir, generalmente es bonachón, encantador como los magos que encantan serpientes, es adictivo, su sonrisa, el brillo de sus ojos, su cabello brillante; cada tantos meses le sucede, simplemente se apaga de todo, se pone gris, es solo un caparazón, pareciese que su alma se despega y sale de vacaciones a vagar por el mundo y lo deja inmerso en una oscuridad absoluta, luego que pasan unos días, y vuelve, como si no hubiese sucedido... —y le preguntó— ¿Crees en estas cosas Clara?

Clara solo la miraba y escuchaba con atención, y sacudió la cabeza afirmativamente. Demetria continuó.

— Cuando eso sucede lo cuido, van dos años de los cuales cinco a siete días, dos a tres veces al año, esto sucede, y ya se manejarlo, ya entiendo cómo va. Pero temo, temo que ya su alma no vuelva nunca más...

Encendió otro cigarrillo y apretó sus ojos con los dedos, y desconsoladamente sus lágrimas brotaban como una cascada, allí solo se quedaba mirando la escultura de chatarras que tenía al frente. Clara, esa noche, raramente, no estaba conteniéndose como solía hacer.

Abrazó fuerte a Demetria sin medir palabra, esta solo se acobijó en aquel abrazo sincero, y se refugió en el borde de su camiseta con olor a lavanda, miel, rosas, y una mezcla de cítricos; Clara la sostenía fuerte pero delicada, su mano estrechaba su espalda cálidamente y recorría aquellos músculos que parecían de una estatua, pero cálidos. Demetria devolvió el abrazo a Clara, calmó el llanto y solo estaba en calma, segura.

Aquella noche era inusual, el clima más caluroso de lo normal, el ímpetu de Clara, la sensibilidad de Demetria, y la ausencia de Abel, hacían una parodia errante, como si de otra dimensión se tratara.

De pronto, como un espectro omnisciente, Abel estaba detrás observando, y de un vuelco, Clara se apartó, aún le costaba recordar la inmovilidad de su pierna rota, y rodó al suelo, golpeando y tumbando la escultura frente a ellas.

Demetria de un brinco se abalanzó y levantó a Clara, Abel se acercó, y ayudó a recostarla. Clara solo estaba avergonzada, por fortuna, no se había dado mayor golpe, aunque la escultura había quedado algo arruinada.

— Igual ya era chatarra —Bromeó Abel.

Clara le sonrió complaciente y con una expresión de pena, a lo que Abel le espetó

— ¿Acaso nunca habías visto un muerto revivir? —Y sonrió con picardía.

Demetria le hizo un gesto de cariño en la oreja, y Abel la miró con ternura, preguntó si querían comer sus famosos emparedados de queso a la parrilla, ambas no habían notado estar hambrientas y respondieron que sí. Abel les invitó a prepararle también un trago de lo que fuera que bebieran.

Como si nada hubiese sucedido, se incorporó e iba de aquí para allá, sacando las cosas, preparaba, picaba, colocaba la sartén y con gracia realizaba las tareas cual chef de programa televisivo. Tarareaba una canción inédita. Clara y Demetria se miraban y se dieron una sonrisa de complicidad ante tal show, luego Demetria, tomó su mano y la apretó fuerte, la miró profundamente.

Abel no mentía, el emparedado era una comida suculenta que parecía haber sido hecho en un restaurante de alta cocina, llevaba una combinación de quesos, mozzarella, cheddar, brie, gorgonzola, además rúcula, hierbas finas con mantequilla que pintaban el pan, sin grasa excesiva, no era seco, era un festival de sabores que llevaban a las papilas gustativas a realizar un vals. Y junto al vodka tónico, dejaban la sensación de estar en una cena de la realeza.

Clara con atención, miraba y escuchaba las historias de Abel, y reían a carcajadas, el pasar de las horas no se notaba, ya estaba un poco desgastado, pero no quería que terminara la noche, a un lado de Clara, de pronto sus labios se le hicieron magnéticos, la besó suave pero efusivamente, Clara solo respondió, sin preocuparse, sin entender, hundió sus dedos en ese cabello terso, y pasó sus manos por la mandíbula afilada como diamante de Abel, su boca sabía a rosas, era surreal, su lengua se enlazaba perfecta con la suya, no le dejaba la sensación de serpiente, Clara generalmente tenía esa sensación al besar.

Demetria, sin expresión alguna observaba, de piernas cruzadas, al percatarse, Abel se separó y clavó la mirada en ella, Clara desvió la mirada a Demetria, pero en esa extraña dimensión, no había miedo, no había contención, como poseída fue al regazo de Demetria, le sostuvo la barbilla y la besó sin más, Demetria, esta vez atónita, dejó que Clara hiciese con ella lo que quisiera. Abel pasmado miraba, y solo aguardó allí, esperando que sucedería, su cuerpo estaba como roca, todos sus músculos tensos.

Clara siguió besando a Demetria, se separó y tiernamente le besó la mejilla, Demetria le tomó la mano, y la llevó al dormitorio, e invitó a Abel solo con una seña de la mano, los tres seres, eran armonía.

Tuvieron sexo como si de una obra de arte se tratara, en perfecta sincronía, Clara sabía exactamente donde tocar a Demetria para hacerla retorcerse, mientras besaba a Abel, y mordía sus labios, Abel con cuidado recorría el cuerpo de Clara, todas sus estructuras eran perfectas en sus manos, sus pechos rellenaban las palmas de sus manos, su boca se acomodaba hilarante en su cuello, cuidaba la pierna de Clara, pero no molestaba, era como si Mozart hubiese revivido y tocara una sinfonía a perfección, la mejor nunca entonada. Abel penetraba fuerte y con embestidas a Clara, y Demetria la besaba a son y compás; luego Clara penetraba indecente pero armónicamente a Demetria, y la hizo correrse par de veces. Así transcurrió la noche, hasta que los tres quedaron tendidos y acomodados, uno en los brazos de los otros.

A la mañana siguiente, Clara despertó con un rayo de luz que se colaba a través de la cortina gris, y se vio desnuda, al mirar a su alrededor, estaba abrazada y entrelazada con Abel y Demetria, suavemente se deslizó fuera de la cama, con gracia y como pudo, en silencio, salió de la habitación, y emprendió su camino a casa.

Preparó café, se hizo unas tostadas de pan con mantequilla y mermelada, unos huevos con tocineta y hambrienta engulló todo aquello, nunca había sentido tanta hambre. Tomo casi un litro de agua, sus pastillas, y se dirigió a ducharse.

Al abrir la llave, dejó que el agua calentara, y tomó un baño, al subir el vapor, Clara iba recordando, en donde pusieron y se fundieron los besos que había recibido toda aquella noche, como si fuera surreal, como si se tratara de una novela erótica mal hecha.

Pasaba sus manos lavando su cuerpo, y tocaba todo el recorrido que le habían marcado Demetria y Abel, su vagina estaba húmeda, y su clítoris palpitaba caliente, se tocaba suavemente, al ritmo del agua caliente, deslizándose sobre la belleza de su humanidad, dos orgasmos le dieron la bienvenida a ese día. A ese maravilloso día.

Capítulo 8

BRUNO

La muerte y la escritura iban de la mano, pensaba Clara, escribía atentamente cada detalle, un sitio web local la había contratado para redactar un artículo de sucesos, el chico, que había decidido encerrarse en la habitación y colocar una bombona de gas a medio abrir, era Marco, aquel chico corpulento a quien conoció semanas atrás, había decidido irse del mundo, sin mediar palabras.

Los eventos perturbadores, al parecer, también se encontraban en los apartamentos solitarios de los jóvenes. Clara era invadida por un extraño vacío, parecía tristeza, o melancolía, se paseó por los datos que le habían dado, revisando la existencia de datos interesantes que pudiese encontrar, pero sin éxito.

La vida de Marco, parecía perfecta, padres amorosos, dinero suficiente para vivir tranquilo, estudios, trabajo estable, parejas, pero nada de esto era suficiente, si tan solo el mundo comprendiera que las cosas que se ven como suficiencia, no lo son, que el mundo es un recóndito y etéreo paseo de almas en búsqueda de un encuentro absoluto, y que viviendo se muere también. Quizás él lo entendió, quizá sabía que no había nada.

Clara lo sabía muy bien, así como tenía una certeza insoluble, estaba llena de recuerdos y dudas. Era la noche de un 31 de marzo, a las 8:58, Clara no supo esclarecer todo lo que le pasaba por la mente, tenía 19 años, esa tarde había sido mucho más confusa que todas, sus padres habían gritado, la comida volaba por la sala al tono y rebullicio de la madre, que reclamaba a Bruno, el padre de Clara.

— ¿Cómo pudiste perder la cabeza de tal manera? —le gritaba Estefanía desconsoladamente— ¡Debí saberlo antes, las mujeres tenemos esta intuición degenerado mil veces!

Bruno desesperado gritaba

— ¡Tranquilízate Estefanía! los vecinos van a escuchar todo este bochorno.

En ese mismo compás, Estefanía lanzaba un cucharón de asado sobre la mesa. Clara solo miraba expectante, tratando de comprender lo que sucedía, suponía era una cuestión de infidelidad. Su madre se volvió hacia ella y le dijo, con juicio.

— ¡Todo esto es tu culpa, son iguales, tú y tu padre, les caen bien las ratas de alcantarilla! —Fulminándola con la mirada.

Confundida solo soltó un asombro ahogado, miró a su padre, y este en llanto

— ¡Perdón! las cosas sucedieron sin planificarlas, nunca hubiese querido involucrarme con ella, de no haber caído en sus hipnotizantes palabras, si hubiese sido el adulto aquí, nada de esto habría sucedido.

En ese instante a Clara le cayó un glaciar en la garganta, le recorrió cada vena, cada espacio donde hubo piel, cada cavidad donde hubiere sangre. Comprendió... Comprendió que era Lucrezia. Fue a su habitación, tomó el teléfono y marcó su número, al cuarto tono, jadeando atendió, con su voz aterciopelada, que denotaba su sonrisa angelical, y sin mediar ni más:

— ¿Es verdad, mi padre y tú? —preguntó Clara

No se escuchó nada más detrás del teléfono, solo un suspiro de indignación, de pesar, tristeza, un silencio ensordecedor, Lucrezia, no alcanzó afirmar, cuando Clara dejó el teléfono a un lado, fue a su cama y se recostó, se sumió en un sueño profundo, como si hubiese tenido una paz que le invadía cada célula.

Al despertar, no se escuchaba nada, eran las 11:27 de la noche, tomó una almohada, y fue al garaje, allí buscó una manguera larga, la conectó al tubo de escape del Bentley de su padre y lo encendió, mirando la pared, fue entrando en un trance, adormitada, luego de 18 minutos, veía a Lucrezia, con su sonrisa, sus incisivos, como siempre, graciosamente se asomaban con su sonrisa para decirle que todo iba a estar bien, su voz dulce y de terciopelo, le acobijaba el alma, y sus ojos profundos le conferían paz. Allí estaba, al fin en paz, completa.

La mañana del 01 de abril, Clara despertó con mucho dolor en su pecho, mareada, y dificultad para incorporarse en su cuerpo, veía luces blancas, una mascarilla le rodeaba el rostro, pitidos por doquier y murmullos «despertó» Estefanía lloraba a cántaros, y apretaba suavemente su mano, comprendió que estaba en un hospital.

Luego de recordar aquel amargo momento y al cabo de unas cuantas horas, Clara terminó de escribir el artículo, lo envió al correo del diario, se levantó, estiró su espalda entumecida, y bajó, se sirvió una copa de vino tinto, lo tomó violentamente, como si la sed no le permitiera funcionar, luego sirvió otra copa, y esta vez la fue tomando con cautela.

Miraba por la ventana, con una sonrisa apenas esbozada, vio salir a Abel, se dirigía al pórtico de la casa de Clara, dejó un sobre, y se alejó. Acabó la copa de vino, y luego se dispuso a salir, tomó el sobre, lo miraba con desdén, no sabía si quería abrirlo, ni que pudo haber contenido, que se pudo haber escrito que no pudiesen expresar con palabras.

Adentro encontró una carta, con una bella caligrafía.

"Clara, la hemos pasado muy bien, no sabemos si te hicimos algo que no quisiste, no lo tomes como tal, fue un gusto que nos hayas elegido, y nos halagas, lamentamos cualquier momento confuso, y no quisiéramos apartarnos de ti, al contrario, eres importante para mí, y para Abel, y quisiéramos seguir viéndote, compartir, y hacer solo lo que tú permitas. Por favor, si te ofendimos de alguna forma, háblanos, la vida diéramos porque te quedaras, o te hubieses quedado esa mañana, yo estoy confundida, Abel aún más.

Si quieres cenar, esta vez seré yo la cocinera. Tuyos, nuestros, y de nadie.

Demetria y Abel."

La invadieron emociones que desconocía, y una batalla comenzó dentro de pecho, de su cabeza, miraba por la ventana, y la luna brillaba más que nunca, expectante de los amantes que no llegaban, de las miradas tristes que le observaban. Clara no había hablado con Demetria ni Abel, y por alguna razón se sentía avergonzada de sus actos, no quería afrontarlos, por lo cual había evitado a toda costa toparse con alguno.

La impaciencia le apretujaba el pecho, pensando en aquella noche, no podía ocultar más su atracción magnética, ni sus ganas de hacer lo impensado, lo que siempre le habían enseñado que era una locura.

Capítulo 9

BRAULIO

Serendipia, un hallazgo afortunado o inesperado que se produce cuando se está buscando otra cosa distinta. Clara recordaba que había entrado en una etapa de duelo, rememorando todo lo que habían barrido 4 años de vivencias, todo lo que había roto Lucrezia, su padre, su madre, todos.

Recordaba aquella noche con Demetria y Abel, como todo había cambiado, como se había borrado el dolor de ver en ese club a Lucrezia después de 4 años, y todo lo que se revolvía en sus entrañas, allí vino la palabra serendipia, no esperaba sentir esa intensidad por dos seres que se habían vuelto parte de ella, de su piel, de su alma, no esperaba que le hicieren borrar su dolor, y que junto a ellos solo reía a carcajadas tomando una simple bebida o relatando historias superfluas.

Allí estaban, y le daban dicha, una que no había sentido hacía demasiado tiempo, que le sanaba a todo nivel. Se levantó de la silla, fue a ducharse, se vistió como si fuese una cita, sus ojos brillaban como oro, sus labios eran como un volcán rojo y ardiente, y su ímpetu simplemente sonrojaba.

Tocó la puerta de sus vecinos, con una sonrisa ensordecedora, les dijo

— No traigo panecillos, ni una botella de vino, pero dejé de pensarlo y aquí estoy, si les apetece, comemos, tomamos, y luego... Luego veremos…

Clara nunca hubiese pensado presentarse así, sin cronogramas ni etiquetas, pero allí estaba, viviendo a su modo y decisiones, en el presente, como si lo demás se hubiese borrado, sentía como si un huracán hubiese arrasado con todo lo que llevaba en su memoria, y le habían regalado solo el presente, ese momento, ese simple momento, ahora no había pensamiento, ni sogas que le ataran de tanto pensar, estimar, medir y cronometrar.

Abel le sonrió con ternura y se abalanzó a darle la bienvenida con un abrazo apretado, Demetria solo esperaba en el recibidor, con una mirada profunda y una sonrisa indescifrable, sus ojos brillaban aún más que los de Clara. La hicieron pasar y sentir bienvenida, se sentaron a tomar mojitos y cenar burritos que esta vez cocinada Demetria.

— Buenos, ¿cierto? D tiene una facilidad especial para hacer platos simples, un recorrido de sabores, hacen fiesta en el paladar — Dijo Abel.

Y continuó, mientras Clara devoraba una mitad del burrito, asentía y se limpiaba el guacamole de la comisura de los labios.

— ¿Y cómo no? D estudió en Florencia, en la escuela *Bonnabella*, allí fue premiada en innovación, luego fue a Lyon, y solía ser vanguardia en el mundo culinario francés, hasta que simplemente se aburrió, dinero y fama no es todo, nos pasa, lo que a veces anhelamos es superfluo, quizás somos personas inadaptadas, que buscamos la irreverencia en el mundo para poder funcionar bajo la locuacidad, quizás somos personas tristes que quieren solo ser comprendidas por otras personas tristes, ¿sabes?...

Clara lo miraba con atención, escuchaba, entendía.

— ¿Y qué sucedió Demetria? ¿Qué haces ahora aquí? ¿Por qué ya no trabajas en Lyon?

Demetria resopló con vehemencia, y se sentó a un lado de Clara, le dio un mordisco al burrito que sostenía Clara en su mano, y la miró con picardía.

— No es la historia de Abel para contar, pero es cierto, simplemente la presión de exigirte más, y ya se te acaban los escalones, produce un estado de taciturna robótica, lo tienes todo, dinero, fama, pero a cambio de cumplir siempre expectativas que no son propias, recibir halagos, menos los que importan, simplemente no disfrutas de todo lo que tienes alrededor porque estás demasiado ocupada pensando en cómo competir y derrotar a tu peor enemigo... A ti...

Clara asentía, estaba a reventar, había comido más de lo que podía admitir su estómago, pero a placer, nunca había probado una comida que le desorbitara en cuerpo y alma, cuando de pronto Abel le pregunta:

— ¿Qué hay de ti Clara? ¿Qué haces escribiendo? Tenías una carrera despegando como modelo, yo mismo quise fotografiarte en varias oportunidades, pero tu equipo nunca me dio la oportunidad, mira tu estructura ósea, toda tu complexión es el sueño del fotógrafo, dejaste todo en un día.

Clara hizo un gesto de dejadez, y señaló a Demetria, le respondió lo que sucedía, la presión a la cual la habían sometido sus padres, había días que no podía comer, sino que le inyectaban soluciones vitaminadas, porque al día siguiente tenía una sesión o desfile.

De pronto Demetria acarició su cabello y comenzó a examinarlo, cuan forense, iba tocando cada hebra, la textura, todo. Clara continuaba hablando, cada vez más cómoda y casi recostada al regazo de Demetria. Abel escuchaba como un aprendiz, reían a carcajadas, era la noche perfecta.

De pronto Demetria plantó un beso suave en la frente de Clara, y le sonrió, Clara sentía como si el mismo sol se hubiese metido en su pecho, y le calentara el alma, se acobijó en el cuello de Demetria, y le susurró que quería saber más, de su comida, de su trabajo, de su historia.

Justo en ese cálido y apretado abrazo donde el mundo tenía claridad para iluminar las tinieblas, Clara se apartó de sopetón, y dirigió una miraba inquisitiva a Abel, sin mediar comentarios le dijo.

– Espera... ¿quisiste fotografiarme? ¿Mi equipo no te dejó? ¿Me conocías?... Abel... ¿por qué no me dijiste que me conocías? Te presentaste como alguien extraño y ahora conoces mi carrera y trabajo.

De pronto Abel fue invadido por un hoyo negro profundo donde reinaba el miedo y la incertidumbre, sus ojos estaban desorbitados.

– ¿Sabes? conocí a un chico que me arruinó, un chico que no dejaba de llamar para fotografiarme, que me hizo sentirme insegura hasta en mi baño, era aterrador...

Abel miraba estupefacto y sin habla, Clara recordó la vez que un fotógrafo llamado Braulio, la acechaba, su equipo de trabajo y agencia tuvieron que solicitar una orden de restricción, e incluso en una oportunidad, Braulio ingresó a la casa y estaba en la puerta del baño donde Clara tomaba un baño, y justo cuando iba a entrar con la cámara preparada, uno de los agentes de seguridad de Clara lo encontró y se lo llevaron detenido.

Clara supo su nombre, pero nunca conoció su rostro, sin embargo, tuvo las cartas que le escribía Braulio, y las quemó como parte de su terapia para superar el terror que le había generado tener un acosador, especialmente porque ese sujeto escapó de la justicia solo con una orden de restricción pues no se había consumado un delito mayor.

Clara no podía digerir el miedo que le recorría la espalda, y solo miraba a Abel que estaba con un color aceitunado en su rostro, miró a Demetria, quien solo estaba expectante y preocupada sin entender nada de lo que sucedía.

Clara se levantó violentamente y corrió a la puerta, Abel corrió detrás de ella, e intentó sujetarla del brazo, pero Clara logró zafarse y le arañó el cuello, Demetria sin entender se puso en el medio y dejó salir a Clara, le hizo un gesto de alto a Abel, este se paró y miraba como Clara corría a su casa.

Demetria le exigió una explicación, estaba despavorida y enojada a la vez, la cólera recorría como hiel sus venas. Abel fue a la cocina y de pronto regresó con un vaso de agua, le dio a Demetria y le dijo que podía explicarlo, Demetria tomó el agua, comenzó a sentirse mareada, adormitada, de pronto cayó en un sueño profundo.

Abel la cargó en sus brazos y la llevó a la habitación, allí le colocó unas esposas aseguradas a unas argollas que tenían sobre la cabecera de la cama, y le sujetó los pies para que no se hiciera daño si se despertaba.

Clara sentía como el miedo le recorría el cuerpo, temblaba y no podía creer lo que sucedía, no lo creía porque no lo comprendía.

«¿Acaso Abel no era quien parecía?» pensó.

Al cabo de 30 minutos miró por la ventana y las luces estaban apagadas como de costumbre, decidió cambiar su ropa y esperar al siguiente día para aclarar todo, de pronto bajó a tomar un vaso de agua, cuando el miedo le recorrió frío toda la espalda, su garganta estaba helada, al igual que sus piernas, sintió que se iba a desvanecer cuando vio la figura de Abel parado solo mirándola.

— Abel... ¿Qué sucede? ¿Qué haces aquí y cómo entraste? —preguntó.

— Clara, te he amado por años, desde la escuela, ¿recuerdas la vez que me dijiste que quizás debía ser fotógrafo? que se me daba bien, no, no lo recuerdas, sólo éramos niños y mi nombre era Darío ¿lo recuerdas?... —Soltó con voz entrecortada y lágrimas que no caían de sus ojos, una sonrisa espeluznante, y sus manos temblorosas.

Clara estaba aterrada, recordaba que Darío era su mejor amigo en la escuela primaria, hasta que sus padres la cambiaron a un colegio en otra ciudad. Darío siempre la defendía de los abusadores y todo su mundo giraba alrededor de ella, la única persona amable con él, pues en la escuela lo acosaban y le decían "Darío de ti me río".

Clara escuchó que cuando quedó solo, los abusos fueron cada vez mayores, una vez lo metieron de cabeza en un retrete por varios minutos, y tuvieron que llevarlo a emergencias, por lo cual sus padres decidieron educarlo en casa. Luego del incidente, Clara no supo nada más de Darío.

— Te escribí, te llamé, y nadie respondía Clara, mis días eran grises, oscuros, no podía lidiar con la tristeza, traté de clavarme un cuchillo pero solo me herí y me llevaron a urgencias, mis padres no lo entendían, nadie nunca entendería, luego te vi, allí estabas, en las revistas, me hice fotógrafo Clara, de los mejores, para ti, como me dijiste, e igual no logré llegar a ti, no me dejaban llegar a ti, me cambié el nombre, te esperé esa tarde, era la foto en la bañera que soñabas, la que dijiste en aquella entrevista, improvisada, yo lo haría por ti Clara, yo haría todo por ti.

Abel sollozaba y se agitaba hablando, Clara estaba petrificada, solo mirando, pensando en que hacer para salir de allí lo antes posible.

— Yo hablé con todos, pero ninguno me dejaba llegar a ti, luego vi que ibas a Francia, a Lyon, y allí decidieron llevarte al mejor restaurante, y ¿cómo no? Seguro irías a *Devois*, pero no apareciste y allí me quedé solo esperando, así fue como conocí a Demetria, mientras lloraba con una botella de Rosé, tu favorito... Y entonces desapareciste Clara, y contigo desaparecieron mis esperanzas de vivir, y mi vida entera, entonces D estaba allí, y me revivió un poco, y cada cierto tiempo volvía a ser el zombi a tu merced, hasta que llegamos aquí y allí estabas, y no lo podía creer, allí estabas y me mirabas el alma, eras tú, mi Clara, y luego fuiste mía, y entonces la vida es vida... Es tuya, te pertenece...

Abel tenía una expresión vacía y siniestra, se agarraba la cabeza como tratando de calmar ruidos estruendosos. Clara estaba helada, y solo logró soltar un suspiro ahogado, trató de mantener la compostura y le dijo.

— Cariño, ¿crees que podemos hablar mañana? Estoy realmente cansada, hablemos mañana, ¿de acuerdo?

Abel le hizo un gesto de negación.

— No puedes irte, no puedes dejarnos, leí lo que escribiste, en ese diario que tienes al lado de tu cama, donde escribes tus sueños, escribiste que había sido la mejor noche de tu vida, podemos ser felices los tres, irnos de aquí y dejar todo atrás, ella nunca fue para ti, ¡esa perra solo te hizo sufrir! Yo le daré lo que merece si llega a aparecer de nuevo por aquí... Tal como lo hice antes —y se le dibujó su retorcida sonrisa.

Estaba iracundo, sus ojos brillaban como llamas ardientes, Clara seguía paralizada.

— Abel ¿de qué estás hablando? ¿Le hiciste algo a Demetria?

Abel sonrió y miró con un gesto tierno a Clara.

— No tontita, D no, ella pertenece a nosotros. Hablo de Lucrezia, esa zorra nunca fue para ti Clara, te hacía salirte de las normas, nunca te quiso suficiente... Ella era mala influencia, por su culpa te desapareciste, huiste con ella, por su culpa nadie me creía que tú me amabas, que éramos mejores amigos, me gritó e hizo que me llevaran detenido aquella vez que entré a hacerte tu foto triunfal, la mejor de todas, Clara debes entender que lo hice por tu bien.

Entumecida de pies a cabeza, su cabeza daba vueltas y solo pensaba en escapar de allí, pero no podía moverse. Luego todo se aclaró a su alrededor y entendió lo que sucedía, miró el pasador de acero que lo colocaba a su puerta para bloquearla por seguridad, estaba en una esquina de la puerta detrás de Abel, no lograba concentrarse hasta que le preguntó dónde estaba Demetria.

— Está en casa, trató de detenerme, pero tuve que contenerla hasta que se calme, ¿sabes? Ella lo va a entender, seremos los tres como planeamos, y seremos felices Clara, lo merecemos. —le decía con gesto de imploración.

— Abel... Déjame ir a verla, a explicarle lo que sucede, por favor, hazlo por mí — Le dijo Clara con lágrimas ahogadas en sus ojos.

Con una sonrisa y un gesto de ternura miraba a Clara, y esta se abalanzó suavemente a darle un abrazo, alcanzando la barra de acero, cuando de pronto, después de un abrazo apretado, Abel lloraba, sin contención, se tapó la cara y Clara le atinó al primer golpe, lo dejó tirado en la sala.

Violentamente abrió la puerta y salió de la casa, cerró la puerta con las llaves y fue corriendo a ver a Demetria, subió y allí estaba, inconsciente y amarrada a la cama, con unas esposas en las manos, y unas sogas en los pies. Se las quitó suavemente y le dio golpes en la cara suaves para despertarla, pero Demetria estaba muy aturdida, Clara comenzó a llamar a la policía, quienes trataron de calmarla mientras solicitaban detalles.

Se aseguró de cerrar toda la casa, mientras llegaba la ayuda, trataba de despertar a Demetria, quien no entendía lo que sucedía a su alrededor, su mirada era vacía.

Al cabo de 40 minutos, Demetria estaba consciente, aunque un poco confundida, era escoltada por los agentes a una ambulancia para ser revisada por las drogas que le había administrado Abel para dormirla, y asegurarse no tuviese algún otro daño. Abel era escoltado en una camilla, con una herida en la cabeza e inconsciente.

Capítulo 10

LUCREZIA Y CLARA

De pronto, como una corazonada se le ocurrió llamar a Lucrezia, pero era dirigida a la contestadora, cuando la invadió un frío glaciar y náuseas, comenzó a pensar lo peor, hacía unos días Lucrezia había estado en su casa, y Abel la había visto salir de allí dando un portazo.

Clara como pudo les contó a unos agentes de la policía, e inmediatamente comenzaron a buscar a Lucrezia, sin éxito, se sentía en una novela policiaca, sus manos estaban entumecidas, le escribió a Lucrezia un mensaje de texto "Te necesito".

Sentía escalofríos cuando pensaba como se había zafado de la situación tan fácilmente, no ocurría así en los libros, ni en las películas. De pronto su teléfono comenzó a sonar, le llamaban de un número que no conocía, respondió y era Lucrezia.

— ¿Clara? ¿Qué sucede? —con un tono angustiado.

— ¿Estás bien? —le preguntó Clara.

— Si Clara, ¿qué está sucediendo? Me estás asustando.

Clara le explicó todo hipando, un poco ahogada, a lo que Lucrezia le dijo esperara que ya iba hacia allá, al cabo de 20 minutos llegó, con desespero, como un niño que no ha comido en par de semanas, Clara se abalanzó y abrazó a Lucrezia, tan fuerte como si hubiese regresado de las penumbras de la muerte, Lucrezia solo se quedó atónita y le devolvió el abrazo, con la misma fuerza y hambre. Así estuvieron varios minutos, entrelazadas en cuerpo, y atadas de alma.

— Nunca vuelvas a irte, nunca, yo te pertenezco en amor y dolor, en pestilencia y arrebol, y tú a mí, en caos y limerencia, en la serendipia constante de un tú y yo... Nunca vuelvas a irte, te lo ordeno. —le recitaba ese famoso poema escrito por *Martín Seurí*, que solían recitar cuando era adolescentes.

Mientras los ojos de Clara, en ese preciso instante parecían fuego, y su rostro se iluminaba en sentido amenazante.

Le contó todo, y Lucrezia no paraba de llorar, y de abrazar a Clara, le contó que Darío la había amenazado, la mantuvo presa varios días, y que, temiendo por sus vidas, desapareció, le hizo engañar a su padre y tener un amorío con él para alejarla, y alejarse de todos, que ese día, ese mismo día ella había muerto, al ver la decepción de Clara en sus ojos. Luego regresó a explicarle todo y se encontró en el club con Abel y por eso desapareció de nuevo, pero simplemente, contra toda amenaza, nunca pudo apartarse.

Clara miraba con frialdad, de pronto le dio un manotazo en la cara a Lucrezia, esta helada, solo la miró asombrada, y Clara le dio otra, y en desespero le lanzaba manotazos y le repetía que debió decirle, que su vida dependía de ello en aquel momento, comenzó a maldecirla, Lucrezia la abrazó fuerte y resopló en cuello, hasta que Clara rompió en llanto incontenible. Se apretó al cuerpo de Lucrezia, se fundieron como si fuesen una sola.

De pronto Lucrezia mira a Clara, y le coloca las manos sujetando su cara.

— Dicen que en el mundo, Dios creó un alma para el hombre, a su semejanza, lo cual le asustó, pues era algo más grande que él mismo, al ver esto destruyó el alma, pero era tan poderosa que se rompió en dos partes iguales, Dios furioso, con todo su poder trató de destruirla mil y un veces, pero solo lograba pequeños fragmentos de dos en dos, Dios, aún más furioso, tuvo una idea, y las esparció por el mundo, todas revueltas, sin sus pares, al parecer cada persona tiene un fragmento de alma igual al suyo, y en su vida anda en la búsqueda de ello, tú eres mi pedazo, y nadie nunca cambiará eso.

Clara la abrazó fuerte, y se quedaron allí observando las estrellas. En un vaivén de sosiego, como si todo hubiese sido una historia, un sueño, como una centrífuga que iba lanzando episodios de una vida.

Capítulo 11

CLARA

No soplaba la brisa, y el frío del aire acondicionado se iba disipando a medida que el manto de la noche acobijaba sus pupilas.

Allí, taciturna estaba Clara, entre todos los esquizofrénicos que le acompañaban en la Villa *Cassius & Shane*, un lugar donde internaban a personas con trastornos mentales graves.

A su lado, su compañera de comedor y "mejor amiga", Lucrezia, al frente Abel, un hombre bastante aporreado por los arrebatos de golpes que daba a los guardias de seguridad y que estos le devolvían con creces, defendía a Clara cuando esta se ponía violenta contra el personal del centro.

También la Dra. Demetria Groom, una mujer de unos 35 años de tez oriental, de cabello negro azabache y de ojos azules como zafiros, era la médico Psiquiatra que les daba terapia a los internos, hilarantes y despegados de la realidad, su amabilidad, humanidad y tranquilidad, cautivaba a los enfermos.

Allí siempre estuvo Clara desde los 19 años, desde que su hermano, Marco, decidió acabar con su vida...

Epílogo

Se llamaba Clara es una historia de amor, aunque quizás no el amor que nos hubiésemos imaginado, pero amor al fin. No hay mucho que agregar, no queda mucho que arruinar, cada uno le puede dar la interpretación que considere.

¿Es Clara?
¿Es Abel?
¿Es Lucrezia?

¿Acaso los padres de Marco?
¿Es una realidad?
¿Es una de las historias de Clara?

Continuaremos…

Sobre el autor

María Andreina Caballero Olivieri nació el 31 de marzo de 1986 en Araure. Portuguesa, Venezuela.

Comenzó sus estudios universitarios en la carrera Derecho en el año 2004, en la Universidad de Yacambú, se gradúa en diciembre de 2008, y luego en 2012, comienza nuevamente el camino de la formación universitaria, con la licenciatura en Psicología en la Universidad de Yacambú. Más tarde, estudió en la Universidad Fermín Toro, donde obtuvo el Diploma en Componente Docente en Educación Interactiva a Distancia 2013. Se gradúa de Psicólogo en el año 2017, con honores y como primera de su clase y núcleo universitario. Cuenta con diversas formaciones en Psicología.

Es autodidacta en el manejo de ambientes interactivos, en tecnologías de información, aficionada de los dispositivos Apple y su funcionamiento de hardware, software. Se desempeña actualmente en el campo de la Psicología, tanto de forma presencial como online, así como redactora freelancer en varias revistas internacionales.

Autodidacta en inglés y certificada en nivel avanzado por la academia OM INGLÉS PERSONAL, Buenos Aires, Argentina.

Autodidacta en lengua italiana (avanzada – oral).

Inicia su proceso de escritura a los 16 años, con la creación de diferentes poemas.

Participó en el Premio Nacional de Escritura en la Universidad Simón Bolívar en el año 2007, en diversos concursos con uno de sus primeros relatos cortos en prosa poética “Memorias de un Asesino”. En el año 2019 participa en el concurso “Latidos del exilio” con su relato inédito “El desasosiego del arraigo”, es seleccionada para figurar en un proyecto

editorial de la Revista The Wynwood Times. Asimismo en el año 2020 participa con una narrativa audiovisual sobre Venezuela, en el segundo proyecto editorial “Latidos del Exilio” auspiciado por la revista The Wynwood times y Miami Festival, en el mismo queda en el primer lugar compartido con otra autora. Actualmente trabaja en la edición de un poemario inédito con una recopilación de 200 poemas de su autoría.

Agradecimientos

¡Gracias por adquirir mi obra!

Mi pasión ha sido escribir desde hace varios años, el tiempo pasa volando, y yo solo quiero continuar escribiendo a diario. He luchado con mis miedos, con mi ansiedad, con mis pensamientos catastróficos, y aquí estoy, con mi primera obra publicada, dándote las gracias por ser parte de esta aventura.

Nunca me atreví a publicar mis obras por temor a no llenar las expectativas, solía pensar que las de los demás, y lo que no me atrevía a enfrentar es el hecho que estaba esperando llenar las mías, la verdad es que, si no te atreves, no puedes ir a la par de los giros que da el universo y de su serendipia que a diario nos sorprende, siempre hay alguien que quiere leerte, y que se considera afortunado de haber llegado hasta ti. No le vamos a gustar a todo mundo, pero es importante salir de la zona de confort para averiguarlo.

Se llamaba Clara nace como un relato corto, destinado a una recopilación poética, que en general es lo que mayormente escribo, siento un profundo amor por la poesía, soy una persona romántica, me gusta lo fugaz que puede llegar a ser el romanticismo y a su vez la intensidad que brinda el amor, el desamor y todo lo que le envuelve. Luego de varios intentos, y de que varios lectores quisieron saber más de esta historia, comencé a escribir a diario un nuevo capítulo, hasta que se transformó en una novela corta. Este es el producto de meses, noches, trabajo, sin apoyo económico, pero con muchas personas a mi alrededor que creen en mí y en mi propuesta creativa.

Han sido muchos a quienes he llegado, que en un inicio no imaginaban esta propuesta, y luego de terminarla me han llenado de comentarios realmente gratificantes, que me inspiran a continuar creando. Yo casi no puedo creerlo pero sigo enfocada en el aquí y el ahora, acepto todo lo bueno que me brinda el universo que me rodea.

Te invito a darme tu opinión al terminar esta historia, no dudes en vaciar tus pensamientos, emociones y opiniones muy personales; me puedes escribir al correo, ya sea para desbordar tu opinión, solicitar más información de la obra, o incluso si solo quieres saludar
andreinacabal17@gmail.com

De todo corazón te agradezco que estés aquí leyendo y apoyando mi obra. Es un triunfo llegar a ti y poder desbordar las ideas que se concentran en mi mente.

Made in the USA
Columbia, SC
19 February 2023

12691837R00057